# liha.veri ja Kristuksen rakkaus

FSC
www.fsc.org
MIX
Paperi vastuul -
lisista lähteistä
Paper from
responsible sources
FSC® C105338

# liha.veri ja Kristuksen rakkaus

Paavo Räisänen

Olen julkaissut aiemmin BoD:in kustantamana useita kirjoja.
Kirjailija sivuni: www.kirja-lakka.com


Kustantaja: BoD · Books on Demand,
Mannerheimintie 12 B, 00100 Helsinki, bod@bod.fi
Kirjapaino: Libri Plureos GmbH,
Friedensallee 273, 22763 Hampuri, Saksa
ISBN: 978-952-80-9512-5

# 1

koko toisen ihmisen tutkiminen on synti.lisäksi se on vale.koska jos tutkit toista ihmistä.teet synnin ja synnin omii saatana ja valehtelee tulokset.

näette vain saatanan työn.se laittoi tutkimaan ihmisen lihaa ja verta saastaisella himolla.ja iskee käärmeidensä avulla jo lapsiin piikkejä.joiden avulla myöhemmin todistaa:hän ymmärsi ihmistä.

sinun kuului rakastaa vaimoasi.tehdä vain rakkaus.ei saastaista himoa.et saanut tutkia häntä.ja hänen lihaansa ja vertaan.Jumala antaa sen verran ymmärrystä siihen.kuin näkee hyväksi.ihminen ei saanut haluta tuntea ihmisen lihaa ja verta.se halu on synnin seuraus.

rikas nuorukainen ja Jeesus.Jeesus näki:nuori mies oli sydämestään kiintynyt omaisuuteensa.se oli hänelle tärkeä.ihmisen on sydämessään luovuttava kaikesta.kun tekee parannuksen.

mikä oli saatanan synti taivaassa.hän halusi olla Jumalan veroinen.tänään hän kiusaa ihmistä tiedolla.synti.johon hän langetti ihmisen Paratiisissa.saatanan yksi synti pimeydessä.hän murhaa saastaisella himolla ihmislihaa.tutkii sitä.pyrkii valoon harhaoppien kautta.

siviät huorat.raittiit juomarit.armon varkaat.ennusti Lestadius tästä päivästä.he istuvat hienoissa viinipöydissä.Jeesus saarnasi heistä:portot ja publikaanit menevät teidän edellänne Jumalan Valtakuntaan.ovat hienoissa pöydissä. tehdään synti luvalliseksi.heillä on Jeesuksena antikristus.joka antaa heille.armon varkaille luvan syntiin ja omantunnon rauhan.

kuinka petollinen on saatana kanavillaan.katsot viatonta viihde ohjelmaa.piikki.huomaamaton iskee.et ymmärrä.mitä tapahtui.se selitetään.se oli vain viihdettä.piikin takana oli saatana.on avaruuden henkivalta.näyttää ohjelmassa pyhän.luodun.tekee ohjelman.

tarut ja sadut.fantasia.ei ole vaaratonta.henkivallat kertovat tarinoita.niistä tulee totta niille.jotka uskovat niihin ja moni uskoo aikuisenakin.koska on joutunut niiden petokseen ja niistä tuli totta.tarujen noidat eivät ole leikkiä.ei tarujen taikuus.noidista voi tulla totta.jos otat ne.

saatana antoi aikoinaan psykologian ja monta muuta tiedettä.se hävisi taistelun Jumalalle.otti liiton avaruuden henkivallan kanssa.joka vietteli sen syntiin taivaassa ja on nyt tieteen tukena.ettei se kaadu Jumalan jalkoihin.

Jumala hävitti avaruuden henkivallan työt maan päällä.amadon.syvyyden enkeli jäi puolustamaan niitä.mutta ei pahaa voi voittaa lopullisesti.avaruudesta tulivat uudet avaruuden henkivallat maan päälle.

syvyyden enkelikin on voitettu.mutta lopullista voittoa siitä ei saa.helvetin enkeli on enkeli.joka tekee antikristukselle pyhän ja jumalan.sen on Jumala hävittänyt.mutta se tulee aina uudessa muodossa takaisin.

# 2

kuinka avaruuden henkivalta ja amadon toimivat yhteistyössä.avaruuden henkivalta luo satuja ja taruja.amadon antaa satuolentojen lihan niille.jotka jäävät satujen orjiksi.tästä voi vapautua uskon avulla.sillä Kristuksen Evnakeliumi on pimeyden voimia voimakkaampi.avaruuden henkivalta voi antaa satujen noitahahmoille pimeyden taikavoimia.jotka lankeavat niihin.näitä oli eritoten keski-ajalla.

Afrikan noidat eivät kaikki ole pahoja.osa on.osa on omassa uskossaan Jumalaan.jota eivät tunne.he palvovat Jumalaa henkiopilla.henkien avulla.monet Pohjois Amerikan poppamiehet ovat olleet samanlaisia.Manitou oli henkijumala.ei paha.hyvä hän oli.mutta henki.poppamiehet palvoivat Jumalaa.joka oli hyvä henki henkiopilla.

Pohjois Amerikan poppamiesten luut poppamieskepeissä.mystiset hautausmaan luineen.he eivät palvelleet saatanaa.kuten läntinen mies uskoi.heidän oppinsa oli kyllä väärä.mutta heillä oli manitou.henkijumala.hyvä.joka antoi heille tällaisen opin taistella saatanaa vastaan ja pelotella sitä.

oli aika ennen Jeesusta.maailma oli täynnä Vanhan Testamentin aikaisia hirvittäviä temppeleitä.joissa saatana asui.Vanhan Testamentin käärme.mies.Jeesus murskasti ristillä nämä kaikki.enkelit kaikkialla maan päällä tiesivät Jeesuksen ja Hänen ristinkuolemansa.he antoivat opit tuhota nämä temppelit.käärme pakeni lyötynä pimeyteen.tekee siellä tuhoaan.

Tekikö Lönnroth oikein.kun keräsi muinaisen pakana uskonnon.Kalevalan talteen.se ei ollut kansantaru.vaan muinainen suomalainen uskonto.josta emme tiedä totuutta.sillä Lönnroth sai kuulla vain jotain satuja siitä.enkelit ja henget ovat totta.ne näyttivät joillekin ihmisille tuonelan virran ja joutsenen siellä.eivät ne ole vaaraton satu.niiden takana on uskonto.joka on elänyt ja henkimaailma.

saamelaiset palvoivat Jumalaa henkiopilla.heidän enkelinsä olivat hyviä.mutta heillä oli paha baalin tapainen jumal olento.seita.seita oli saatanan enkeli.jolla oli henkivaltoja käytössään.Jumala on tuhonnut sen.

mitä olivat antiikin jumalat.ne olivat olemassa.ne olivat langenneita enkeleitä.apostolit saivat ne antautumaan.

antiikin jumal tarut jäivät elämään.ne ovat hallinneet esim. urheilu maailmaa.sillä nykyinen kilpaurheilu on peräisin antiikin ajoilta.ja urheilijan malli on edelleen sieltä.Jumala on tuhonnut nuo tarut saduiksi.mutta ne ovat olemassa.

saatana loi antikristuksen pimeyteen heti sen jälkeen.kun Jeesus oli kuollut ristillä.hän kielsi Jeesuksen Jumaluuden.neitseestä syntymisen ja ylösnousemuksen.kuoleman voittamisen.tämä alkoi nousta gnostilaisuutena.josta apostolit varoittivat ja on kirjoitettu Raamattuun.se kuitenkin elää edelleen ja on tänä päivänä alkanut vaikuttaa eri kirkoissa.

Kristinuskolla oli paljon vihollisia.saatana tiesi apostolien joskus tulevan.hän ei ole kaikkitietävä.mutta tiesi Jeesuksen tulon.voittajansa.hän loi antiikin filosofian aseekseen apostoleja vastaan.apostolit varoittivat tästä myös Raamatussa.samoin järjestä.jonka saatana teki filosofian kautta.tulivat murhaajat.he ottivat jotain gnostilaisuudesta.ammensivat sieltä voimaa.salasivat.tekeytyivät ateisteiksi.ja alkoivat murhata Kristinuskoa filosofian avulla.

# 3

lähes kaikki kirkkoisät olivat langenneita.he antoivat korottaa itsensä.saivat väärää ilmoitusta.sillä saatana osaa olla kirkas enkeli.kuin Jumalan enkeli ja sanoa olevansa Jumala.joka antaa Jumalan ilmoituksen.esim. augustinus sai tätä ilmoitusta.hänen näkemyksensä.että kastamaton lapsi ei pelastu.on saatanan ilmoitus.täysin vastaan Raamatun ilmoitusta.

eräs langennut kirkkoisä sai ilmoituksen:kun Jeesus kuoli ristillä.Jumala rakkaudessaan ikään kuin syleili maailmaa.tämä ei pidä paikkaansa.Jeesus kärsi ristillä Jumalan vihan ja kantoi synnin kirouksen.kun Hän huusi:"Isä sinun käsiis minä annan henkeni."Jumala tappoi Hänen.Jeesuksen pojan.Hän eli vielä hetken.Hän oli nyt mies.liha.Kristus.näky oli hirveä.kalliot halkeilivat.maa järisi.oli pimeys.kaikki olevainen kuoli.se oli tuomio synnille ja pimeyden maailmalle.uskovaiset katsoivat näkyä turvallisesti:meidän edestämme.

Jeesus sanoi eläissään:"ei kukaan ota minulta minun henkeäni.vaan annan sen itse."kukaan ei tiedä.kuka ihminen tuomitsi Jeesuksen kuolemaan.sillä Jumala tuomitsi itse Poikansa.joka oli luvannut Isälleen kuolla maailman synnin tähden.kun sotilaat naulasivat Jeesuksen ristille.he tekivät.mitä Jumala oli käskenyt heidän tehdä.mutta osa sotilaista pilkkasi Jeesusta.ivasi.he hylkäsivät armon.jonka Jeesus huusi ristiltä:"Isä.anna heille anteeksi.sillä he eivät tiedä.mitä he tekevät."

osa sotilaista ja yleisöstä lankesi.kun Jeesus kuoli.he ottivat teon:tuomitsimme ja tapoimme väärän profeetan.he murhasivat Jeesuksen lihaa.kun ottivat hänet ristiltä ja pakenivat pimeyteen ja heistä tuli Kristittyjen vainoajia.

teologia on pitkälti epäuskoa.se on kehittynyt.kun ilmisille ei riittänyt Raamatun ilmoitus.sen antaman selityksen riittävyys.he pohtivat:Pyhä Henki on Isästä ja Pojasta.miksi pohtivat.mitä teemme tiedolla.mitä Jumala ei kertonut Sanassaan.salasi meiltä.Jumala Sanoo Sanassaan:Pyhä Henki on Jumalan kolmas persoona.se asuu uskovaisessa ihmisessä.

Miksi Luther muutti Jeesuksen sanat ehtoollisesta:"tehkää se minun muistokseni."sellaisiksi.kuin kertoo Katekismuksessa:syntien anteeksi antamiseksi.miksi hän antaa hirvittävän kaavan rippiin.joka on joka kerta erilainen ja omantunnon kysymys.jossa käydään armoalttarin eteen.Luther antaa ripin lain edessä.lain tuomio on kova:teit kymmenen vuotta sitten ajatuksen synnin.kysyt lain tuomion.se on kuolemantuomio.laki ei tunne armoa.armo tulee Kristuksessa ja annettiin jo aikojen alussa.kun Poika lupasi Isälleen:"luo sinä.minä lunastan."tämä kerrottiin kaikille maailman ihmisille.kun ensimmäinen ihmispari lankesi syntiin.Lutheria painostettiin.linnassa.missä hän oli.oli saatana.painosti luomaan kirkkojärjestyksen.joka ei ollut Jumalasta.

sekä historia.että kirkkohistoria ovat suurimmalta osalta vale.apostoli Johannes eli n 80 vuotiaaksi.ei koskaan koskenut naiseen.sai miehen Jumalalta.kuten profeetatkin.Pietaria ei naulattu ristille pää alaspäin.se on saatanan vale.että hän olisi pyytänyt tällaisen irvokkaan tavan kuolla.totuus keisari Nerosta.hän oli pahasti langennut.mutta uskoi apostoleihin.hänen kansansa ja osa sotilaista oli murhaajia.osa uskoi.marttyyrit tulisoihtuina Neron puutarhassa.saatana vaati heidät poltettaviksi.Nero ei voinut estää.hän ajeli kuin Jumala puutarhassaan.vien heidän kuolemansa Jumalalle.vaikka saatana murhamiesten kautta poltti heidät.

miksi apostolien oli kuoltava.keisari nero ja suuri osa sotilaista uskoi heihin.olisi halunnut tehdä parannuksen.mutta osa sotilaista oli murhaajia.heillä oli hirvittävät saatanan synnit.tiesivät:eivät enää saa Jumalalta anteeksi.oli muinaiset antiiikin teatterit.apostolit olisivat antaneet osalle homoista ja lesboista anteeksi.mutta teattereissa.jotka hallitsivat sen ajan julkisuutta.oli tehty saatanan homoteko.mahdoton saada anteeksi.

Jumala ei ole asettanut Raamatussa naimattomuuslupausta.kertoo vain Simsonista.joka oli nafiiri.hän oli saatanan temppeliorja.saatana vaati häneltä naimattomuuslupauksen.apostoleilla oli morsian.jota odottivat.he olivat rakastuneita ja halusivat perheen.he odottivat:jos esivalta tekee parannuksen.he solmivat avioliiton.heidän oli mahdoton perustaa perhe.esivalta oli murhaaja.ei antanut heille rauhaa.naimattomuuslupaus on Jumalan antaman säädyn yläpuolelle asettumista.saatanasta.Paavalin sanat:"olisi parempi.että eläisitte.kuten mitä.ilman vaimoa."hänellä kyllä oli morsian.jota rakasti.hän tiesi.että tuskin saa häntä esivallan takia.

# 4

arabeilla on harhaoppi.että he ovat Aabrahamin Jumalan käskystä karoittamien Hagarin ja hänen poikansa.Aabrahamin pojan Ismaelin jälkeläisiä.Jumala loi arabit jo kun ihminen ehkä 30 000 vuotta sitten luotiin maan päälle.Aadamin jälkeläiset kulkivat arabi alueen poikki ja ovat osittain sekoittuneet arabien esi-isien kansaan ja ovat osittain Aadamin jälkeläisiä.Jumala suojeli Hagaria ja Ismaelia karkoitusmatkalla.he löysivät ystävällisiä arabikansoja.jotka ottivat heidät hyvin vastaan ja Hagar ja Ismael elivät hyvin kohdeltuina heidän kanssaan.Israelin kansa ei ole alkuunkaan Aabrahamin siemen.Israelissa oli alkuperäiskansa.johon Abrahamin ja Saaran jälkeläiset sekoittuivat.

saamelaiset ovat alkuperäiskansa ihmiskunnan luomisesta lähtien.suurin osa muusta Suomen kansasta eli täällä myös alkuperäiskansana.Aadamin jälkeläiset vaelsivat tänne ennen Nooaa ja vedenpaisumusta liikkeelle lähteneinä ja sekoittuivat meihin ja koko Euroopan kansa on tälläistä kansaa.maissa oli alkuperäiskansa.mutta Adamin jälkeläiset kulkeutuivat eurooppaan ja sekoittuivat siihen.

vedenpaisumus tapahtui ehkä 4000 vuotta sitten.siinä tuhoutui koko tunnettu maailma.maailma.jonka Nooa tunsi.vedet muodostivat ehkä kymmenen kilometriä korkean seinän hukutetun alueen reunoille.kaikkialla maailmassa havaittiin veden nousua ja siksi monien kansojen historiassa on kertomuksia vedenpaisumuksesta.

dinosaurukset ovat totta.ne elivät muinoin maan päällä ennen syntiinlankeemusta.maan päällä oli ihmisiä.jotka olivat synnittömiä.Jumala tuhosi tämän maailman.tapahtui suuri mullistus.josta emme saa tarkkaa tietoa.mitä tapahtui.kun tämä maailma tuhoutui ja katosi maan alle fossiileiksi.kivikauden ihmiset ovat totta.he olivat yksi alkuperäiskansa.eivät ainoa.alkuperäiskansoja oli joka ikisessä maailman maassa.

neardendalin ihmiset ovat totta.he olivat muinaisia ihmisiä.yksi alkuperäiskansa.joka katosi.

da vinci koodi on saatanan antama enkeli vale.se perustuu gnostilaisuuteen ja antikristukseen.koodia tukee jo monta muuta oppia.ne nousevat aikojen lopulla.vaikka ne ja moni muu pimeä tieto nyt hävitetään.saatana säilöö kaiken pimeyteen ja Ilmestyskirja kertoo lopun ajoista.jolloin saatana saa hirveän vallan.

myös muu Uusi Testamentti varoittaa lopun ajan kovista eksytyksistä.

saatana teki pimeyteen maailman.jossa rakentaa antikristuksia.huorin tehneitä Jeesuksia gospel.ym hengelliseen maailmaan.hän loi Kristityn väärän profeetan.useita.jotka saarnaavat henkien ja enkelien antamaa ilmoitusta ja nämä henget ja enkelit on pimeyden voimia.

Jumala loi paljon ihmisiä.kuten Raamattu kertoo.koko maailman täyteen.tämä tapahtui ehkä 30 000 vuotta sitten.Adam ja Eeva olivat ensimmäiset luodut ihmiset.vain Aadam on luotu maasta.ei kukaan muu.muut ihmiset Jumala synnytti taivaaseen.antaa niitä äidin kohtuun.vain Eeva on luotu miehen kylkiluusta.Adam ja Eeva elivat Paratiisissa synnittöminä ehkä kymmeniä tuhansia vuosia.ennenkuin syntiinlankeemus ja Paratiisista karkoitus tapahtui.emme tiedä.kauanko siitä on aikaa.Raamatun sukuluettelot ennen Nooaa eivät pidä paikkaansa.Noan jälkeen pitävät.Aadamin lankeemus oli niin suuri.että kaikki maailman ihmiset tulivat siitä osalliseksi ja saatana karkoitettiin enkeliensä kanssa maan päälle.kuten Raamattu kertoo.Aadam ja Eeva löysivät heti maan päältä muita ihmisiä.

ihmiset elivät ensin maan päällä synnittöminä.kuten Aadam ja Eeva Paratiisissa.paratiisi oli maan päällä.sen sijaintia ei koskaan saada selville.kun tapahtui syntiinlankeemus.Paratiisin ovelle asettui Jumalan enkeli tulisen miekan kanssa vartioon.sitä on mahdoton löytää.Jumala peittää sen.